Analyse de l'œuvre

Par Adeline Diakité

HHhH

de Laurent Binet

Rendez-vous sur lepetitlitteraire.fr et découvrez :

Plus de 1200 analyses
Claires et synthétiques
Téléchargeables en 30 secondes
À imprimer chez soi

LAURENT BINET

ÉCRIVAIN FRANÇAIS

- **Né en 1972 à Paris**
- **Quelques-unes de ses œuvres :**
  - *Forces et faiblesses de nos muqueuses* (2000), récit
  - *Rien ne se passe comme prévu* (2012), récit
  - *La Septième Fonction du langage* (2015), roman

Laurent Binet est l'auteur de plusieurs récits qui prennent majoritairement place dans l'histoire politique, sociale et littéraire contemporaine. Un premier texte surréaliste, *Forces et faiblesses de nos muqueuses*, est publié en 2000. Agrégé de Lettres modernes, l'écrivain délivre ensuite un témoignage sur son expérience d'enseignant en région parisienne, *La Vie professionnelle de Laurent B.*

Il publie en 2012 une chronique de la campagne présidentielle de François Hollande, *Rien ne se passe comme prévu*. N'ayant jamais dissimulé ses opinions politiques, l'homme de gauche décrit l'inattendue ascension du précédent Président de la République française.

Auparavant enseignant à l'Académie militaire de Kosice, en Slovaquie, il s'inspire de son amour pour le pays, mais aussi pour Prague afin d'animer le décor de son roman historique *HHhH*, se mêlant lui-même au drame qu'il nous conte : l'attentat du 27 mai 1942 par deux soldats, l'un tchèque et l'autre slovaque, contre le bras droit d'Himmler et chef de la Gestapo : Reinhard Heydrich.

Son dernier roman, *La Septième Fonction du langage*, permet une nouvelle fois à Laurent Binet de réinventer les faits. Il tisse ainsi un récit policier sur fond de complot politique autour de la mort du philosophe Roland Barthes.

HHHH

UN ROMAN D'HISTOIRE(S)

- **Genre :** roman
- **Édition de référence** : *HHhH*, Paris, Le Livre de Poche, 2011, 443 p.
- **1re édition :** 2009
- **Thématiques** : Seconde Guerre mondiale, héroïsme, nazis, Tchécoslovaquie, Histoire, résistance

HHhH est le roman qui a fait connaître du grand public Laurent Binet. HHhH est l'acronyme, en allemand, de « Himmlers Hirn heißt Heydrich », soit « le cerveau d'Himmler s'appelle Heydrich ». Prix Goncourt du premier roman 2010, *HHhH* raconte, autour d'un fait historique, la naissance et le parcours d'un des plus grands criminels de guerre et dignitaire nazi (Heydrich), la fomentation et la réalisation de l'attentat contre sa personne par deux résistants, et les conséquences terribles de cet acte. Le fait historique alterne avec des réflexions de l'auteur sur son style et sur la question de la retranscription du fait historique et le maniement d'une certaine fictionnalité, prétexte aux questionnements et commentaires sur l'acte d'écriture et sur la posture romanesque. Ce récit entrecoupé, « éclaté » en plusieurs temps, suit tout de même une progression chronologique.

En bâtissant cette œuvre autour d'un fait majeur de l'Histoire et en convoquant une anecdote historique transmise par le père, y mettant donc de l'affect et un intérêt de l'ordre de l'intime, l'auteur réussit le pari de mêler le réel à la véracité. La construction romanesque et les dialogues inventés soulignent toute l'importance des actes passés, dans une certaine dimension imaginaire.

RÉSUMÉ

PREMIÈRE PARTIE

Le narrateur anonyme est tacitement identifié comme l'auteur, Laurent Binet, en raison de son rôle et de sa position autofictive. Pour rappel, une position autofictive est le fait de s'insérer, en tant que personne réelle, dans un récit fictionnel, romancé. Lui-même se glisse dans les rues de Prague, sur les traces d'un passé qui n'est pas le sien, mais qui appartient à l'essence même de la ville et du monde.

Plongeant dans un souvenir familial, le narrateur évoque la mémoire de deux héros tchécoslovaques, auteurs d'un attentat contre la personne de Reinhard Heydrich, haut dignitaire nazi. Binet raconte alors le début de ses recherches, ses voyages à Prague et son immersion dans l'ensemble des documents disponibles sur le sujet. Le décor est planté. Il finira son roman par un vibrant hommage aux deux héros résistants et aux innombrables morts (soldats, vieillards, enfants...), à travers la description d'une scène tout à fait onirique et imaginaire, où les fantômes de cette histoire se retrouvent sur un paquebot, comme pour un dernier adieu.

Laurent Binet nous raconte la vie de Heydrich. Reinhard (au début de sa vie orthographié avec un *t* final) Heydrich nait en 1904 à Halle en Allemagne, de Bruno et Elizabeth, déjà parents d'une fille, Maria. Ils sont heureux et le père promet à son fils un destin de musicien. À l'école, en raison de sa voix haut perchée, il est moqué par ses camarades qui le surnomment « la chèvre », allant même jusqu'à lancer une rumeur sur ses origines juives. Son père est un nationaliste antisémite convaincu qui l'influence dans son adoration de la nation allemande et son rejet de l'étranger. En 1918, à la défaite de l'Allemagne, Heydrich intègre les Corps francs, milice luttant contre le bolchevisme par la violence.

La crise fait rage, et Heydrich s'engage alors dans la Marine et rencontre sa future femme Lina, militante convaincue du parti national-socialiste, qui finira de convertir Heydrich à cette nouvelle idéologie. En 1931, Heydrich est renvoyé de la Marine allemande pour une affaire de mœurs : il aurait couché avec une prostituée. Il entre alors chez les SS, où il gravit lentement mais sûrement les échelons. Suite à sa rencontre avec Heinrich Himmler, chef des SS, il est nommé à la direction des renseignements de l'organisation. Hitler devient chancelier en 1933, décuplant ainsi les pouvoirs accordés à Himmler et Heydrich. Celui-ci, nommé chef de la Gestapo, fonde les Einsatzgruppen, unités d'élite SS, chargées de missions d'extermination rapide.

En 1934, les deux chefs de la SS fomentent un massacre contre l'ensemble des hautes personnalités qui composent les SA, leurs rivaux, et gagnent définitivement la bataille dans le nouvel organigramme du Troisième Reich. Cet événement-clé de l'Histoire correspond à la Nuit des longs couteaux. Heydrich est nommé Gruppenführer, grade équivalent à celui de général de division, alors qu'il a à peine 30 ans. Un an avant le début de la Seconde Guerre mondiale, c'est la Nuit de cristal : sur les ordres d'Hitler, des centaines de juifs sont molestés ou assassinés à travers tout le Reich, leurs magasins sont saccagés, certains se suicident. Heydrich, le cerveau d'Himmler, se distingue par une cruauté autant mécanique que logistique, et assoit son statut d'homme indispensable du Troisième Reich en devenant l'instigateur de la « Solution finale » (projet d'extermination industrielle et systématique des Juifs élaboré en 1942), après avoir organisé la conférence de Wannsee qui acte ainsi la réponse au « problème juif ». Lorsque l'Allemagne met la République tchèque à genoux en faisant du pays un protectorat allemand, Heydrich est nommé protecteur de Bohême-Moravie en 1941, suite à la défection de son président, Edvard Benes, qui s'enfuit pour Londres. Sa femme et ses enfants le suivent et emménagent à Prague.

C'est à ce moment-là que l'auteur introduit les deux résistants dans son récit, acteurs principaux de l'Opération Anthropoïde, commanditée par les Anglais. Jozef Gabcik est slovaque, et va bientôt quitter son pays pour rejoindre Londres. Jan Kubis, tchèque, quittera lui aussi la Moravie pour rejoindre la Légion étrangère. Les deux jeunes hommes, parachutistes, atterrissent à Prague à la fin de l'année 1941. Ils sont hébergés par des familles tchèques qui résistent, à leur manière, au joug terrible du nouveau persécuteur allemand. Sous ce nouveau règne, les plus importants leaders de la résistance tchèque sont arrêtés et exécutés.

À leur arrivée, les deux hommes découvrent la ville, étudient les plans, surveillent les allées et venues d'Heydrich, leur dessein se met en marche. Celui-ci est long à mettre en œuvre, et leurs camarades, ayant compris la teneur de leur mission, tentent de les décourager : en effet, s'ils réussissent, les répercussions seront terribles... Pourtant, à force de débat, Gabcik et Kubis finissent par les convaincre. Ils ont trouvé le lieu et les modalités de l'opération : elle se déroulera dans un virage de la ville, le virage d'Holesovice. Le 27 mai 1942, Heydrich monte dans sa Mercedes, conduite par Klein, chauffeur du « bourreau de Prague ». Un troisième homme, Valcik, fait le guet et signalera l'arrivée de la voiture à l'aide d'un miroir. La Mercedes déboule dans le virage, Gabcik, à pied, vêtu d'un manteau, traverse et bloque la voiture, sort son arme qui s'enraye. Heydrich tente de lui tirer dessus, mais Kubis lance une bombe artisanale qui manque de faire exploser la voiture. Personne ne meurt sur le coup, et les résistants s'enfuient.

DEUXIÈME PARTIE

À la nouvelle d'un attentat contre l'un de ses hommes les plus influents, Hitler exige que l'on retrouve à tout prix les responsables, et la ville de Prague est fouillée, retournée, mise à feu et à sang, ses habitants molestés. Heydrich est emmené à l'hôpital allemand de Prague, où il meurt quelques jours plus tard d'une septicémie. Pour l'exemple, les SS massacrent le village entier de Lidice. D'abord cachés chez des familles tchèques qui ont accepté de les héberger, les résistants finissent par gagner la crypte de l'église de Saints-Cyril-et-Méthode.

Durant plusieurs jours, ils restent introuvables, mais l'un de leurs anciens camarades, Curda, tenté par la récompense promise, les trahit et révèle le nom des différentes familles les ayant accueillis. Ces dernières sont torturées et tuées, et la cachette est découverte. 700 soldats prennent l'église d'assaut, et le combat dure toute la nuit. Kubis est tué sous les balles allemandes, tandis que le 18 juin 1942, soit à midi le lendemain, Gabcik et trois autres de ses camarades, à court de munitions, se suicident.

ÉCLAIRAGES

CONTEXTE HISTORIQUE

Achevée il y a plus de 70 ans, la Seconde Guerre mondiale constitue un des événements politiques et historiques les plus importants de l'Histoire du XXe siècle. Laissant dans son sillage plus de 6 millions de morts (Juifs d'Europe, Tziganes, homosexuels, handicapés, communistes, opposants politiques), elle marqua un nouveau coup d'arrêt pour les démocraties fragiles, fruits de la Première Guerre mondiale.

L'épisode de l'attentat contre Heydrich, événement majeur de cette période puisqu'il est l'un des rares attentats réussis de la Seconde Guerre mondiale, est pourtant méconnu du grand public. L'attentat contre Hitler en 1939, puis celui fomenté par le général von Stauffenberg en 1944 ont tous deux échoué. Cette dernière tentative d'assassinat avait pour but de renverser le régime nazi afin de mieux négocier la reddition auprès des Alliés, voulant précipiter la fin de la guerre. Les attentats ratés, sortes d'actes manqués sans grand impact sur le déroulé des événements, ont du moins été révélateurs du climat anxiogène de l'Allemagne du milieu des années 40 et de la non-adhésion de l'ensemble du pays au projet nazi. Le Troisième Reich s'est servi de ces échecs pour amplifier encore davantage sa propagande et réaffirmer la force du régime.

Après l'attentat tchèque, les représailles, banales en temps de guerre, consistent à commettre tant que faire se peut exactions et massacres. Simples dommages collatéraux pour les Allemands, preuves de l'absolu barbarisme du régime fasciste génocidaire pour les victimes.

CONTEXTE LITTÉRAIRE

Laurent Binet, écrivant son roman à la fin des années 2000, place son récit à travers deux prismes temporels qui se répondent : La Prague du début du 21e siècle, et la Prague occupée par l'armée allemande dans les années 40. « Je suis à Prague, pas à Paris, à Prague. Nous sommes en 1942. » (p.291) L'auteur se plait à entremêler les deux époques, à confondre la temporalité de l'écriture avec les faits : « Aujourd'hui, nous sommes le 27 mai 2008. Quand les pompiers arrivent, vers 8 heures, ils voient des SS partout et un cadavre sur le trottoir... » (p. 426). Narrateur autofictif (« Des fois, je me sens comme un personnage de Borges, mais moi non plus, je ne suis pas un personnage » p.214), il se sert donc de ce parallèle temporel pour éclairer l'Histoire avec ses propres connaissances et son propre vécu de Français tombé amoureux de la ville de Prague où il a vécu. « Car je me souviens maintenant. Chaque jour, chaque heure, le souvenir se fait plus net. Dans ce virage, rue d'Holesovice, j'ai l'impression que j'attends depuis toujours. » (p.318)

D'un point de vue littéraire, *HHhH* est présenté comme un roman par l'éditeur. Binet se plait à contredire ce fait, le narrateur-auteur se livrant ainsi à son lecteur : « Je suis en train d'écrire un infra roman. » (p.327) Soit un roman dans le roman, un roman dans l'histoire, une réelle mise en abyme, provoquée par l'acte d'écriture. Durant tout le récit, l'auteur alterne les réflexions sur son travail d'écriture et le positionnement qu'il doit adopter : on trouve de multiples références littéraires (« On dirait un cauchemar de Kafka en accéléré. » [p.363] ; « Gabciz et Kubis sont des Justes moins scrupuleux que ceux de Camus » [p.342] ; « La gare de Prague [...] ressemble à un décor d'Enki Bilal. » [p.301]), mais aussi cinéma-tographiques et politiques. Les comparaisons avec d'autres travaux évoquant la vie d'Heydrich ou l'attentat du 27 mai 1942 jalonnent le récit. Binet les cite principalement pour fournir un point de comparaison avec sa propre appréhen-sion du fait historique, sa propre manière de le transmettre. Il mentionne d'autres œuvres pour mieux singulariser la sienne, pour lui donner plus de poids, d'authenticité. Il évoque notamment un roman de David Chacko (écrivain américain), Like a man, qui traite également de l'attentat contre Heydrich :

> « Chacko a donc voulu faire avant tout un roman [...] S'appuyer sur une histoire vraie, en exploiter au maximum les éléments romanesques, mais inventer allègrement quand cela peut servir la narration sans avoir de comptes à rendre à l'Histoire Un tricheur habile. Un prestidigitateur. Un romancier quoi. » (p.255)

Ici, l'auteur prend clairement de la distance avec la posture d'écrivain, même s'il s'agit surtout d'une feinte : « Le moment venu, il faudra que je tranche. Ou que je vérifie. » Trancher c'est la littérature, c'est décider, c'est choisir. Lorsque l'on produit de la fiction, on fait donc des choix, alors que l'Histoire consiste à observer, collecter, subir, découvrir des événements passés auxquels on ne peut rien changer. Dans *HHhH*, Binet tente bien de faire les deux. Pourtant, il n'a pas l'attitude d'un historien, et le vocabulaire choisi l'éloigne parfois de toute neutralité scientifique : « Je ressens une très grande répulsion et un profond mépris pour quelqu'un comme Bousquet... » (p.324) ; « Je crache sur Saint-John Perse » (p.345). À plusieurs endroits du récit, l'auteur évoque son dégoût, sa haine, son ennui, ou au contraire sa totale adhésion avec des courants de pensée, des historiens, des écrits particuliers. Il est donc bien loin de la posture de chercheur et d'historien, l'homme de lettres et le militant reprenant ainsi l'ascendant.

CLÉS DE LECTURE

LE PACTE LITTÉRAIRE

Dans le premier chapitre du livre, l'auteur évoque un des héros de l'histoire, Gabcik : il souhaite lui rendre hommage, car lui et ses camarades sont « les auteurs d'un des plus grands actes de résistance de l'histoire humaine ». À travers une prose dithyrambique, Laurent Binet souhaite exprimer avec sincérité l'anecdote qu'il s'apprête à livrer, s'adressant directement au lecteur pour l'assurer de la véracité des faits qui jalonneront son récit, et tend à délégitimer l'intrusion d'une écriture romanesque, sous couvert de vraisemblance historique.

C'est ce qu'on appelle un pacte littéraire, ou pacte historique, sorte de contrat entre l'auteur et le lecteur qui garantit la vraisemblance et la sincérité des propos du premier. Le premier écrivain à le stipuler est Jean-Jacques Rousseau, dans ses *Confessions*. Il promet de se dévoiler, sans dissimuler aucun élément important, même à décharge, sans proférer aucun mensonge, se livrant dans un souci d'honnêteté totale. Cette convention s'apparente en de nombreux points au pacte autobiographique, décrit par Philippe Lejeune comme « toute la vérité de la nature du récit autobiographique » (Jean-Jacques Rousseau, *Les Confessions*, Paris, Cazin 1782-1789).

 « J'aurais dû être plus clair au niveau pacte de lecture » (p.67), écrit Binet lorsque le narrateur fait lire un épisode du livre qu'il est en train d'écrire sur Heydrich à l'un de ses amis, qui doute de la véracité de plusieurs épisodes de son roman. Ici, il y a une mise en abyme. Dans *HHhH*, le narrateur-auteur évoque lui-même le processus d'écriture du roman que nous, lecteurs réels, sommes en train de découvrir à la lecture : il y a œuvre dans l'œuvre. Ce mécanisme contribue à semer le trouble dans son processus de rédaction et dans le processus de réception de l'œuvre.

L'auteur fait mine d'approximation quant à ses connaissances sur les faits de l'épisode qui nous est raconté ; il joue un jeu pour induire le lecteur en erreur, le dérouter, voire le faire douter quant à l'authenticité des faits évoqués. Il peut se permettre ce jeu-là, car il a justement plus ou moins explicitement noué un pacte de lecture avec le lecteur. « Il y a deux villes qui portent le nom de Halle en Allemagne, et je ne sais même pas de laquelle je parle en ce moment. » (p.31). Quelques pages plus tard, il a finalement une réponse à fournir : « Halle-an-der-Saale, j'ai vérifié. » (p.38). Ou « J'ai dit une bêtise, victime à la fois d'une erreur de mémoire et d'une imagination quelque peu intrusive » (p.59), comme si le hasard de ses pensées, et non ses recherches sur le sujet, pouvaient dicter ce qu'il était prêt à livrer à son lecteur ou non.

« J'espère simplement que derrière l'épaisse couche réfléchissante d'idéalisation que je vais appliquer à cette histoire fabuleuse, le miroir sans tain de la réalité historique se laissera encore traverser. » (p.10) Toute réminiscence, toute histoire racontée, est liée à la mémoire, et le souvenir reste un élément subjectif, mobile, adaptable et réinterprétable. En cela, l'auteur exprime des contradictions inévitables entre la nécessité de livrer une anecdote telle qu'elle s'est réellement passée et le souci de transmettre cette histoire de la meilleure manière : « Je suis tenu par les impératifs de mon histoire » (p.283) écrit-il une fois, alors qu'il évoque précédemment son apport :« Je prends donc le parti de styliser quelque peu mon histoire. » (p.31). Son histoire, de par son essence même, est donc tiraillée entre le fait historique et temporel, et l'acte d'écriture.

FICTION HISTORIQUE ET VÉRITÉ ROMANESQUE

« Dans *HHhH*, les faits relatés comme les personnages sont authentiques. » Pourtant, fiction romanesque et vérité historique s'entrecroisent, et ne cessent de se mêler l'une à l'autre dans ce récit. « Cette histoire dépassait en romanesque et en intensité les plus improbables des fictions. » (p.15). Laurent Binet transmet l'impression d'un dilemme entre l'Histoire et la littérature, entre les reconstitutions propres de la réalité et la tentation romanesque : « mais je préfère rapporter un détail inutile (*c'est-à-dire de la littérature*) plutôt que de prendre le risque de passer à côté d'un détail essentiel (*c'est-à-dire l'Histoire*). » (p.292) Ici, le fait historique dépasse en portée l'acte d'écriture romanesque. Binet écrit : « Quand je tombe sur des éléments qui me permettent de reconstituer minutieusement une scène entière de la vie d'Heydrich, il m'est souvent difficile d'y renoncer... »

(p.44). La recherche méticuleuse et le respect du fait semblent passer avant tout, même si le mot « scène » ramène ici au contexte romanesque, cinématographique, donc fictionnel, et n'est pas choisi par hasard par l'auteur.

L'écrivain va jusqu'à renier le principe même d'écriture d'un roman, laissant donc entendre que son livre n'en serait pas un. Plusieurs passages d'*HHhH* le démontrent : « le caractère puéril et ridicule de l'invention romanesque » ; « inventer un personnage pour comprendre des faits d'histoire, c'est comme maquiller les preuves. » (p.309) ; « Si mon histoire était un roman, je n'aurais absolument pas besoin de ce personnage. » (p.286) Il y a reniement du format, de l'exercice romanesque et du genre, mais ce n'est qu'une illusion. « Il a fallu tricher, parfois, et renier ce en quoi je crois parce que mes croyances littéraires n'ont aucune importance au regard de ce qui se joue maintenant. » (p.329). Prétendant avoir honte de faire de la fiction, il joue ainsi avec les attentes de son lecteur. En terminant son livre par un hommage poétique aux héros de son histoire, l'écrivain ramène son récit à sa fonction première : magnifier une histoire, qu'elle soit réelle ou non, à travers la portée héroïque ou terrible qui se dégage de la prose de l'auteur, une pure tradition romanesque de fait. « Rien n'est plus artificiel, dans un récit historique, que ces dialogues reconstitués... » (p.33). Ici, il est question de la figure littéraire de l'hypotypose, qui consiste à rendre un tableau si vivant qu'il donne l'impression au lecteur de l'avoir sous les yeux. Cette scène du livre rentre alors tout à fait dans une sphère littéraire et romanesque, malgré le souci extrême d'historicité explicité par Binet.

Nous sommes donc bien dans un roman, même si l'auteur s'en défend. À la recherche d'une rigueur historique, l'auteur passe également par des processus créatifs et inventifs qui soulignent la qualité de sa démarche : « Dans toute bonne histoire, il faut un traitre. Et dans la mienne, il y en a un. » (p.299) L'auteur est toujours apte à faire passer pour des justifications toute pensée semant le trouble à une limite nette en fiction et histoire. « Aucun roman normal ne s'embarrasserait, sauf à viser un effet très spécial, de trois personnages portant le même nom. » (p.277) Il souhaite excuser en quelque sorte sa littérarité qui prend parfois le pas sur l'Histoire :

> « C'est un combat perdu d'avance. Je ne peux pas raconter cette histoire telle qu'elle devrait l'être. Tout ce fatras de personnages, d'événements, de dates, et l'arborescence infinie des liens de cause à effet, et ces gens, ces vraies gens qui ont vraiment existé, avec leur vie, leurs actes et leurs pensées dont je frôle un pan infime... Je me cogne sans cesse contre ce mur de l'Histoire sur lequel grimpe et s'étend, sans jamais s'arrêter, toujours plus haut et toujours plus dru, le lierre décourageant de la causalité. » (p.243)

À travers cet aveu, l'auteur ranime sa prose littéraire, usant d'une métaphore pour la forme, et avouant, pour le fond, son incapacité à ne pas faire de littérature.

HÉROÏSME, DRAMES ET HUMOUR

La tension dramatique de l'œuvre tient évidemment au contexte historique des événements racontés. Les actes volontaires ou subis de cette histoire sont chargés en émotions, mais transmettent aussi l'idée d'urgence de résolution de ce qui se joue. Cette période de l'Histoire est à l'image de ce que nos systèmes politiques contemporains ont pu créer de plus atroce, et la Seconde Guerre mondiale en est un des épouvantails.

Un humour à toute épreuve

Ainsi, malgré la teneur dramatique de tout ce qui se déroule dans l'Europe des années 1940, l'auteur fait parfois preuve d'humour cynique et de dérision : « Il a fait partie des "troupes de secours techniques", dont la vocation était d'empêcher les occupations d'usines et d'assurer le bon fonctionnement des services publics en cas de grève générale. Déjà ce sens de l'État si aigu !». Il aborde encore avec recul la personnalité monstrueuse d'Heydrich : « La voix d'Heydrich est la dernière voix humaine qu'il entendra avant de mourir. Enfin, humaine, façon de parler... » (p.66)

Le second degré et le cynisme sont deux armes redoutables pour atténuer l'horreur, détournant les défauts des bourreaux, pour prendre davantage de distance avec eux : évoquant Hitler, « À l'autre bout du fil, pour changer, ça hurle. » (p.370)

L'héroïsme au-delà de tout

Il y a une certaine détermination héroïque dans tout le roman, portée par l'ombre implacable de la fatalité, des événements passés dont on connait alors l'inévitable point final. Au-delà du fait héroïque, à savoir la planification d'un attentat contre une figure majeure du nazisme portée par deux résistants, cette détermination est caractérisée par l'inexorable avancement de l'histoire construite par l'auteur, dont le dénouement est déjà connu. Avec cela, la tension et le suspense sont entiers, et cette lente résolution vers une mort certaine tient le lecteur en haleine. Kubis le sait quand il parle au fils de la famille qui l'héberge le matin de l'action, comme il pourrait parler à soi-même : « Sois calme, Lubos, tu réussiras, tu dois réussir. Et ce soir, nous fêterons tous ensemble ton succès... » (p.335)

Un élément du récit ramène *HHhH* à un roman, à une fiction dramatique. Il est dit que dès son plus jeune âge, Heydrich apprit le violon, et cet objet demeure jusqu'à son évincement de l'armée une sorte d'objet fétiche, un artefact, qui ramène encore, et plus pour longtemps, cet homme à sa condition d'être humain. Le violon est l'objet qui montre Heydrich sous un visage humain. L'auteur décide rapidement de cesser de parler de son don de musicien, et laisse la place au « bourreau de Prague ».

PISTES DE RÉFLEXION

QUELQUES QUESTIONS POUR APPROFONDIR SA RÉFLEXION...

- Quelles différences faites-vous entre un document historique et une fiction romanesque ?
- En quoi ce roman n'est-il pas un roman historique classique ?
- D'après vous, en quoi Reinhard Heydrich symbolise-t-il la transfiguration du Mal ? Y a-t-il des éléments dans le texte qui le ramènent à la normalité ? Lesquels ?
- Pourquoi Laurent Binet ne veut-il pas qualifier son récit de roman ?
- Qu'est-ce que l'autofiction ?
- Comment expliquez-vous « l'entonnoir narratif » évoqué par l'auteur à la page 72 ?
- « Pour que quoi que ce soit pénètre dans la mémoire, il faut d'abord le transformer en littérature. » (p. 244) Commentez cette phrase du narrateur.
- En quoi Gabcik et Kubis sont-ils des héros ?

Votre avis nous intéresse !
Laissez un commentaire sur le site de votre librairie en ligne
et partagez vos coups de cœur sur les réseaux sociaux !

POUR ALLER PLUS LOIN

ÉDITION DE RÉFÉRENCE

- BINET L., *HHhH*, Le Livre de Poche, Paris, 2011

ÉTUDES DE RÉFÉRENCE

- TAME P., « Ceci n'est pas un roman », Mémoires Occupées – Fictions françaises et Seconde Guerre mondiale, Paris, Presse Sorbonne Nouvelle, 2013
- KELLY V., « La rhétorique d'HHhH », Mémoires Occupées – Fictions françaises et Seconde Guerre mondiale, Paris, Presse Sorbonne Nouvelle, 2013

ADAPTATION

- *HHhH* (2017), long-métrage réalisé par Cédric Jimenez.

Retrouvez notre offre complète sur lePetitLittéraire.fr

- des fiches de lectures
- des commentaires littéraires
- des questionnaires de lecture
- des résumés

ANOUILH
- Antigone

AUSTEN
- Orgueil et Préjugés

BALZAC
- Eugénie Grandet
- Le Père Goriot
- Illusions perdues

BARJAVEL
- La Nuit des temps

BEAUMARCHAIS
- Le Mariage de Figaro

BECKETT
- En attendant Godot

BRETON
- Nadja

CAMUS
- La Peste
- Les Justes
- L'Étranger

CARRÈRE
- Limonov

CÉLINE
- Voyage au bout de la nuit

CERVANTÈS
- Don Quichotte de la Manche

CHATEAUBRIAND
- Mémoires d'outre-tombe

CHODERLOS DE LACLOS
- Les Liaisons dangereuses

CHRÉTIEN DE TROYES
- Yvain ou le Chevalier au lion

CHRISTIE
- Dix Petits Nègres

CLAUDEL
- La Petite Fille de Monsieur Linh
- Le Rapport de Brodeck

COELHO
- L'Alchimiste

CONAN DOYLE
- Le Chien des Baskerville

DAI SIJIE
- Balzac et la Petite Tailleuse chinoise

DE GAULLE
- Mémoires de guerre III. Le Salut. 1944-1946

DE VIGAN
- No et moi

DICKER
- La Vérité sur l'affaire Harry Quebert

DIDEROT
- Supplément au Voyage de Bougainville

DUMAS
- Les Trois
Mousquetaires

ÉNARD
- Parlez-leur
de batailles,
de rois et
d'éléphants

FERRARI
- Le Sermon sur la
chute de Rome

FLAUBERT
- Madame Bovary

FRANK
- Journal
d'Anne Frank

FRED VARGAS
- Pars vite et
reviens tard

GARY
- La Vie devant soi

GAUDÉ
- La Mort du
roi Tsongor
- Le Soleil des
Scorta

GAUTIER
- La Morte
amoureuse
- Le Capitaine
Fracasse

GAVALDA
- 35 kilos d'espoir

GIDE
- Les
Faux-Monnayeurs

GIONO
- Le Grand
Troupeau
- Le Hussard
sur le toit

GIRAUDOUX
- La guerre de
Troie
n'aura pas lieu

GOLDING
- Sa Majesté des
Mouches

GRIMBERT
- Un secret

HEMINGWAY
- Le Vieil Homme
et la Mer

HESSEL
- Indignez-vous !

HOMÈRE
- L'Odyssée

HUGO
- Le Dernier Jour
d'un condamné
- Les Misérables
- Notre-Dame
de Paris

HUXLEY
- Le Meilleur
des mondes

IONESCO
- Rhinocéros
- La Cantatrice
chauve

JARY
- Ubu roi

JENNI
- L'Art français
de la guerre

JOFFO
- Un sac de billes

KAFKA
- La Métamorphose

KEROUAC
- Sur la route

KESSEL
- Le Lion

LARSSON
- Millenium I. Les
hommes qui
n'aimaient pas
les femmes

LE CLÉZIO
- Mondo

LEVI
- Si c'est un
homme

LEVY
- Et si c'était vrai…

MAALOUF
- Léon l'Africain

MALRAUX
- La Condition humaine

MARIVAUX
- La Double Inconstance
- Le Jeu de l'amour et du hasard

MARTINEZ
- Du domaine des murmures

MAUPASSANT
- Boule de suif
- Le Horla
- Une vie

MAURIAC
- Le Nœud de vipères

MAURIAC
- Le Sagouin

MÉRIMÉE
- Tamango
- Colomba

MERLE
- La mort est mon métier

MOLIÈRE
- Le Misanthrope
- L'Avare
- Le Bourgeois gentilhomme

MONTAIGNE
- Essais

MORPURGO
- Le Roi Arthur

MUSSET
- Lorenzaccio

MUSSO
- Que serais-je sans toi ?

NOTHOMB
- Stupeur et Tremblements

ORWELL
- La Ferme des animaux
- 1984

PAGNOL
- La Gloire de mon père

PANCOL
- Les Yeux jaunes des crocodiles

PASCAL
- Pensées

PENNAC
- Au bonheur des ogres

POE
- La Chute de la maison Usher

PROUST
- Du côté de chez Swann

QUENEAU
- Zazie dans le métro

QUIGNARD
- Tous les matins du monde

RABELAIS
- Gargantua

RACINE
- Andromaque
- Britannicus
- Phèdre

ROUSSEAU
- Confessions

ROSTAND
- Cyrano de Bergerac

ROWLING
- Harry Potter à l'école des sorciers

SAINT-EXUPÉRY
- Le Petit Prince
- Vol de nuit

SARTRE
- Huis clos
- La Nausée
- Les Mouches

SCHLINK
- Le Liseur

SCHMITT
- La Part de l'autre
- Oscar et la
  Dame rose

SEPULVEDA
- Le Vieux qui
  lisait des romans
  d'amour

SHAKESPEARE
- Roméo et Juliette

SIMENON
- Le Chien jaune

STEEMAN
- L'Assassin
  habite au 21

STEINBECK
- Des souris et
  des hommes

STENDHAL
- Le Rouge et
  le Noir

STEVENSON
- L'Île au trésor

SÜSKIND
- Le Parfum

TOLSTOÏ
- Anna Karénine

TOURNIER
- Vendredi ou
  la Vie sauvage

TOUSSAINT
- Fuir

UHLMAN
- L'Ami retrouvé

VERNE
- Le Tour
  du monde
  en 80 jours
- Vingt mille
  lieues sous
  les mers
- Voyage au
  centre de
  la terre

VIAN
- L'Écume des jours

VOLTAIRE
- Candide

WELLS
- La Guerre des
  mondes

YOURCENAR
- Mémoires
  d'Hadrien

ZOLA
- Au bonheur
  des dames
- L'Assommoir
- Germinal

ZWEIG
- Le Joueur
  d'échecs

ISBN version numérique : 9782808014564
ISBN version papier : 9782808014571
Dépôt légal : D/2018/12603/488

Conception numérique : Primento,
le partenaire numérique des éditeurs.

Ce titre a été réalisé avec le soutien de la Fédération Wallonie-Bruxelles, Service général des Lettres et du Livre.